Paris
1859

Goethe, Johann Wolfgang von

Faust

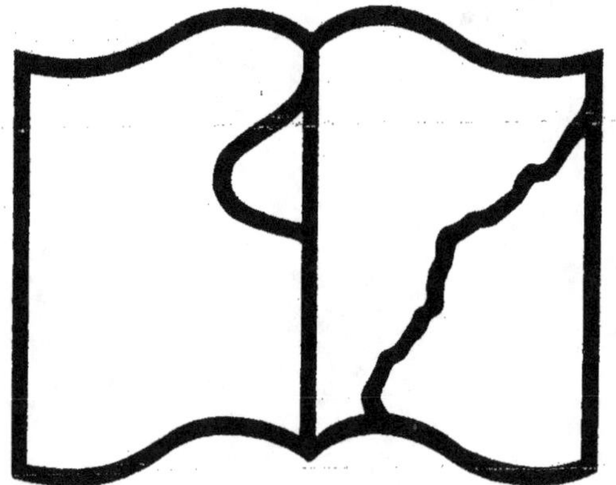

Texte détérioré — reliure défectueuse

NF Z 43-120-11

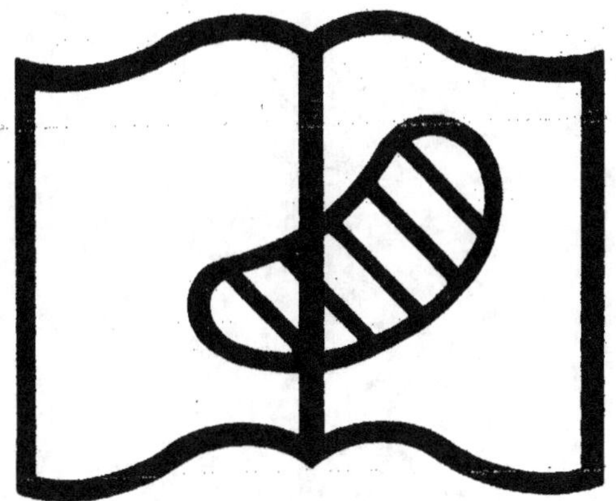

2352

FAUST ET MARGUERITE

ÉPISODE DE FAUST.

FAUST

ET

MARGUERITE

D'APRÈS GOËTHE

PAR VICTOR FLEURY

Malheureux que je suis d'avoir sans défiance
Mordu les pommes d'or de l'arbre de science !
    La science est la mort.
Ni l'Upas de Java, ni l'Euphorbe d'Afrique,
Ni le Mancenillier au sommeil magnétique,
    N'ont un poison plus fort.

Je ne crois plus à rien, j'allais, de lassitude,
Quand vous êtes venus, renoncer à l'étude
    Et briser mes fourneaux.
Je ne sens plus en moi palpiter une fibre
Et comme un balancier seulement mon cœur vibre
    A mouvements égaux......

....

Un seul baiser, o douce et blanche Marguerite
Pris sur ta bouche en fleur, si blanche et si petite.
    Vaut mieux que tout cela.
Ne cherchez pas un mot qui n'est pas dans le livre :
Pour savoir comme on vit, n'oubliez pas de vivre :
    Aimez, car tout est là.

              TH. GAUTHIER.

HAVRE

IMPRIMERIE ALPHONSE LEMALE

1858

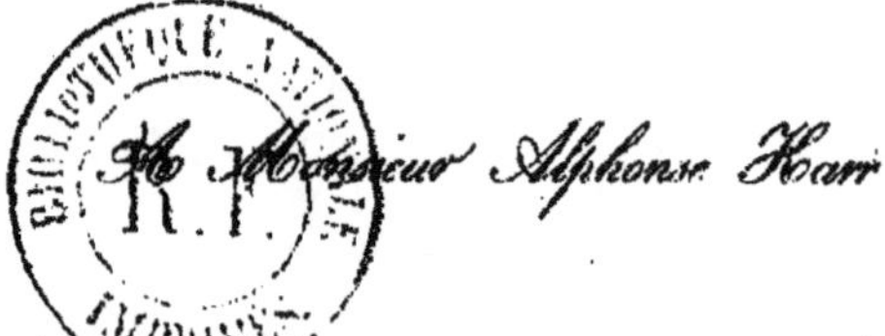

À Monsieur Alphonse Karr

Au spirituel critique, à l'éminent écrivain qui, à son Ermitage de Ste-Adresse, voulut bien consacrer quelques-unes de ses matinées à entendre mes Légendes Bretonnes et mes Imitations Allemandes;

À l'ami bienveillant qui m'indiqua la belle traduction de Faust, par Gérard de Nerval, où j'ai puisé l'essai que je livre aujourd'hui à la publicité.

Témoignage sincère de reconnaissance.

Vve Fleury.

Havre, 16 Novembre 1852.

AU LECTEUR

M. Théophile Gautier a dit dans un de ses jolis feuilletons de *La Presse*, qui lui ont assigné un rang si distingué parmi nos critiques :

« Goëthe est peut-être le poëte qui a émis et créé le plus de femmes distinctes et réelles : Marguerite, Lolotte, Claire, Marianne, Philine, Mignon, Ossilie, sont des êtres qui vivent d'une vie immortelle ; on les a connues dans cette existence ou dans une autre, elles défilent en souriant sur le rideau noir de

vos nuits sans sommeil , en vous faisant un signe amical comme
à d'anciens amis.

« Les paroles qu'elles prononcent vous troublent profondément, et il vous semble les avoir entendues déjà. Ce qu'il y a
d'étrange, c'est que lorsque l'on veut étudier de plus près ces
types caractéristiques , tout disparaît et se dissipe comme une
ombre.

« En réunissant tout ce que dit ou fait Marguerite dans
Faust, cela ne tiendrait pas dix pages, et pourtant, quelle
empreinte ineffaçable ! qui pourra jamais oublier Marguerite!
On oublierait plutôt sa première maîtresse....... Et cependant,
il n'y a rien, — quelques phrases vulgaires, un couplet de ballade
et deux ou trois attitudes, mais si vraies, mais si justes, mais
si profondément féminines, qu'elles se gravent à jamais dans
le cœur. »

Ce doux personnage de Marguerite, ce type si naturel, si
simple et en même temps si charmant, j'ai essayé de le repro-
duire en appelant la poésie à mon aide, tout en ne me dissi-
mulant pas combien une telle tâche était difficile ; ne devrais-je
pas dire sacrilége ?...

Ce qui va suivre n'est donc pas une traduction : on ne traduit
pas, même en prose, le génie d'une langue étrangère, le génie
des Goëthe, des Schiller, des Byron : à plus forte raison doit-on
désespérer de les traduire en vers.

Voici, du reste, à ce sujet, l'opinion d'un homme dont l'autorité ne saurait être méconnue, M. de Châteaubriand; — elle a été émise dans son essai sur la littérature anglaise, à propos de cet immense poëme qu'on appelle le *Paradis perdu!* ...

« Une traduction n'est pas une *personne*, elle n'est qu'un portrait : un grand maître peut faire un admirable portrait; soit : mais si l'original était placé auprès de la copie, les spectateurs le verraient chacun à sa manière, et différeraient de jugement sur la ressemblance. Traduire, c'est donc se vouer au métier le plus ingrat et le moins estimé qui fut oncques; c'est se battre avec des mots pour leur faire rendre dans un idiome étranger un sentiment, une pensée autrement exprimés, un son qu'ils n'ont pas dans la langue de l'auteur. » ....

....

« On peut s'exercer sur quelques morceaux choisis d'un ouvrage et espérer en venir à bout avec du temps; mais c'est tout une autre affaire, lorsqu'il s'agit de la traduction complète de cet ouvrage; lorsqu'il faut suivre l'écrivain, non-seulement à travers ses beautés, mais encore à travers ses défauts, ses négligences et ses lassitudes; lorsqu'il faut donner un égal soin aux endroits arides et ennuyeux, être attentif à l'expression, au style, à l'harmonie, à tout ce qui compose le Poëte! lorsqu'il faut étudier le sens, choisir celui qui paraît le plus beau quand il y en a plusieurs, ou deviner le plus probable par le caractère du génie de l'auteur; lorsqu'il faut se souvenir de tels passages, souvent placés à une grande distance de l'endroit obscur, et qui

l'éclaircissent ; ce travail, fait en conscience, lasserait l'esprit le
plus laborieux et le plus patient!...... »

Ce que je publie aujourd'hui, après plusieurs années d'une
hésitation bien naturelle, et contraint pour ainsi dire par le bruit
qui se fait en ce moment autour de Faust, n'est donc, et ne peut
être considéré, que comme une simple étude dramatique, une
ébauche incomplète sous bien des rapports sans doute, et des-
tinée seulement à faire passer sous les yeux du lecteur quelques-
uns des personnages du drame compliqué de l'illustre poëte
allemand.

C'est un épisode touchant, choisi au milieu d'un vaste et
sombre ensemble, une branche détachée de cette tige luxu-
riante qui porte, en même temps, les fleurs les plus parfumées
de la poésie du cœur et les fruits les plus amers d'une science
satanique. Là, en effet, l'innocence naïve, l'amour ingénu, le
sentiment profond et vrai, réunis dans l'ignorante Marguerite ;
ici, une passion sans limite et sans frein, celle du docteur Faust,
surmontant tout obstacle, ne reculant dans son œuvre criminelle de séduction, ni devant la hideuse entremise de dame
Marthe, ni devant les moyens criminels de la science, ni, enfin,
devant les odieux conseils de Satan-Méphistophélès !

Je ne me flatte aucunement d'avoir réussi dans une entreprise
que l'on trouvera téméraire à bien des titres et qui m'offrait
tant d'écueils; mais si j'ai pu éviter quelques-uns de ceux-ci,
s'il m'a été donné de conserver à la délicieuse création de

Marguerite, une partie de sa simplicité gracieuse, de sa foi naïvement touchante et de sa douce poésie; si, enfin, j'ai pu ne pas trop affaiblir l'intérêt qui doit s'attacher à un tel sujet, j'aurai approché du but que je m'étais proposé, et je me trouverai encore suffisamment récompensé !...

V FLEURY.

PERSONNAGES.

Le Docteur FAUST.

MÉPHISTOPHÉLÈS.

MARGUERITE.

MARTHE.

LISETTE.

VALENTIN, frère de Marguerite.

Le Peuple.

FAUST ET MARGUERITE

ÉPISODE DE FAUST

SCÈNE Iʳᵉ.

Une rue.

FAUST, MARGUERITE passant, puis MÉPHISTOPHÉLÈS.

FAUST.

Ma belle enfant, veuillez prendre mon bras, de grâce,
Je serai trop heureux de vous accompagner.

MARGUERITE.

Ne me retenez pas et souffrez que je passe.

3

FAUST.

Cependant.....

MARGUERITE.

Ah Monsieur! laissez-moi m'éloigner,
Je saurai sans vos soins retrouver ma demeure!

Elle se dégage et s'enfuit.

FAUST, seul.

Par le ciel! de son aile un rêve d'or m'effleure!
La ravissante fille!... ah! je n'ai jamais vu
Rien de semblable!... on sent un parfum de vertu
Et de noble candeur voltiger autour d'elle :
Et puis à tout cela quelque chose se mêle
De si piquant!... ma foi, je vivrais de longs jours
Que je n'oublierais pas la fraîcheur de sa bouche,
Ni l'éclat de sa joue au duvet de velours!
Comme ses yeux restaient baissés!... oui, tout me touche
En elle!... tout m'émeut!... elle est là, tendre fleur,
Déjà profondément vivante dans mon cœur!...
Pour reprendre son vol, colombe effarouchée,
Comme elle s'est soudain de mon bras arrachée!...

A Méphistophélès qui s'avance :

Écoute, il me la faut! tu m'entends?... je la veux,
Cette enfant!... Ton devoir est d'accomplir mes vœux.

MÉPHISTOPHÉLÈS.

Mais laquelle, d'abord?...

FAUST.

Eh! qui donc? sinon celle
Qui passait tout à l'heure, et si blanche et si belle?

MÉPHISTOPHÉLÈS.

Elle!... mais elle sort du confessionnal,
De tout péché lavée, absoute de tout mal!
J'étais là, je m'étais glissé proche du prêtre :
C'est bien naïf, bien simple et bien innocent, maître :
Cela va, pour un rien, se confesser, ma foi!
Je n'ai pas prise encor sur cette âme...

FAUST.

Pourquoi?
N'a-t-elle pas au moins quatorze ans? et je l'aime!

MÉPHISTOPHÉLÈS.

Oh! que vous êtes bien, docteur, toujours le même!
Vrai, ne croirait-on pas ouïr Jean-le-Chanteur,
Qui, du moment qu'il voit une nouvelle fleur,
Se met à la couver d'un œil de convoitise,
Et croit tout obtenir, et parfum et bonheur,
Sans l'avoir mérité!... Souffrez que je vous dise
Qu'il n'en est pas ainsi toujours...

FAUST.

Paix! sermonneur!
Je te le dis tout bref, si cette enfant divine
N'est pas à moi, ce soir; si son cœur aujourd'hui

Ne se repose pas sur mon cœur ; à minuit,
Nous nous quittons !... Ainsi, cherche, invente, devine !

MÉPHISTOPHÉLÈS.

Réfléchissez, voyons...

FAUST.

Minuit, ni plus ni moins !

MÉPHISTOPHÉLÈS.

Encor, s'il s'agissait d'une chose faisable !
Mais songez qu'il faudrait quinze jours de mes soins,
Rien que pour rencontrer un instant favorable !

FAUST.

Sept heures devant moi !... de plus, l'aide du diable,
Et je ne pourrais pas séduire cette enfant !
Allons donc !...

MÉPHISTOPHÉLÈS.

Vous parlez comme un Français, vraiment !
A quoi sert tant d'ardeur ? là, je vous le demande ?
Où donc est la raison qu'un caprice commande ?
Ah ! qu'il serait plus vif, maître, votre plaisir,
Si vous le prépariez lentement, à loisir,
Par ces colifichets, par ces futiles choses
Qui, parlant aux regards, ouvrent les âmes closes !
Quelle femme résiste à ce manége-là ?...
Votre poupée est belle ?... ornez-la, parez-la,
Vous l'en aimerez mieux !...

FAUST.

> Quel ennui tu me causes!
Ne vois-tu pas que j'aime assez sans tout cela!

MÉPHISTOPHÉLÈS.

Soit, à la raillerie imposons donc silence;
Mais pourtant, sachez bien qu'avec la douce enfant
L'on ne doit rien brusquer, qu'il faut être prudent,
Et que ruse fera bien plus que violence.

FAUST.

Écoute, apporte-moi de cet ange inconnu,
Quelqu'objet où mon œil avec bonheur se pose:
Le mouchoir embaumé qui toucha son sein nu,
Un ruban, moins encor; mais enfin, quelque chose!...
Conduis-moi vers les lieux où la belle repose...

MÉPHISTOPHÉLÈS.

Je vous plains, et je veux vous le prouver sous peu:
Oui, je veux adoucir votre tourment extrême;
Si je ne puis sur l'heure accomplir votre vœu,
Vous pourrez voir, du moins, sa chambre aujourd'hui même,
Suivez-moi...

FAUST.

Je pourrai la posséder!

MÉPHISTOPHÉLÈS.

Non, non,

Car la jolie enfant sera chez la voisine ;
Seulement, vous pourrez parcourir la maison,
Et, songeant au bonheur que votre âme devine,
Vous enivrer à l'aise, en murmurant son nom,
Du même air respiré par sa jeune poitrine...

FAUST.

Partons-nous ?

MÉPHISTOPHÉLÈS.

Tout à l'heure...

FAUST.

Alors, en attendant,
Procure-moi pour elle un présent... je te laisse...

Il sort.

MÉPHISTOPHÉLÈS.

Quoi ! des présents, déjà ?... c'est parfait ; cependant,
C'est le meilleur moyen... Hâtons-nous, le temps presse :
Je sais maint vieux trésor enfoui quelque part,
C'est ma foi le moment d'y jeter un regard !...

SCÈNE IIme.

LE SOIR.

La chambre de Marguerite. — Une petite chambre bien rangée.

MARGUERITE, seule, tressant ses nattes et les attachant.

Ce seigneur qui voulait m'accompagner tantôt,
Je donnerais beaucoup pour le voir, le connaître :
Certes, à son regard si noble, à son front haut,
On devine soudain un homme comme il faut;
Il n'eût pas sans cela tant osé!...

Elle sort.

MÉPHISTOPHÉLÈS à Faust.

Venez, maître,

Entrez tout doucement.

FAUST.

Laisse-moi seul, merci.

MÉPHISTOPHÉLÈS.

J'admire malgré moi l'ordre qui règne ici!...

Il sort.

FAUST seul.

Oh! sois le bienvenu, rayonnant crépuscule
Dont la douce clarté, filtrant la pourpre et l'or,

Brille en ce sanctuaire où se cache un trésor !
Saisis, saisis mon cœur : que ton ardeur me brûle,
Tendre peine d'amour !.. toi, qui ne vis encor,
Que de ce miel divin que l'on nomme espérance !

Que l'on est bien ici !... qu'il me plaît, ce silence !
Comme tout dit le soin et le contentement !
Dans cette pauvreté, cachée habilement,
Que de naïf bonheur ! que de fraîche ignorance !

Il se jette dans un fauteuil.

Reçois-moi, reçois-moi, vieux trône paternel
Qui reçus tour à tour la douleur et la joie
Qu'aux générations l'aile du temps envoie ;
Toi, qu'entourait jadis, à quelque doux appel,
Une troupe d'enfants dont chacun suit sa voie !...

Je sens, ô tendre fille, en cet humble réduit,
Murmurer ton esprit plein d'ordre et de sagesse,
Cet esprit qui te guide, et t'éclaire et t'instruit,
Et qui, comme une mère à l'active tendresse,
Vient te régler l'emploi des jours de ta jeunesse !
C'est lui, modeste enfant, qui t'inspire ces soins
Et cette propreté dont mes yeux sont témoins,
Qui te fait arranger ce tapis avec grâce,
Et du grain de poussière effacer toute trace !...

O main chère et divine ! à l'abri de ce toit
Misérable et chétif, tout est riche par toi !
La cabane devient un séjour de délices !...

Et là, ce lit si blanc! mes désirs, mes supplices!
Que d'heures j'y pourrais couler! heures d'amour,
D'aveux et de baisers échangés tour à tour!
Nature!... C'est ici que ce doux ange rêve,
Ici qu'il se repose en son sommeil charmant ;
Ici que, dans un pur et saint frémissement,
L'enfant se transforma... fleur qu'un rayon achève !

Et toi?... quel sentiment t'amène en ce lieu, dis?
Que viens-tu demander à ce gai paradis ?
Pourquoi frissonnes-tu d'un trouble involontaire,
Et d'où vient que ton cœur et s'émeut et se serre ?
Faust! Oh ! malheureux Faust! Est-ce toi qui frémis?

C'est qu'il se passe en moi des choses bien étranges !...
Vainement j'ai goûté d'ineffables plaisirs ,
De ces félicités à faire envie aux anges!
Rien ne m'a satisfait, Nature, et tu te venges
En éveillant en moi les plus brûlants désirs !...

. . . .

Si, dans ce moment même elle rentrait, tranquille,
Comme ton cœur battrait, Faust, et comme à ses yeux
Tu semblerais petit dans ce modeste asile;
Comme tu tomberais, misérable orgueilleux,
A ses pieds, confondu!...

MÉPHISTOPHÉLÈS entrant.

Vite, quittons ces lieux !

Elle vient!....

4

FAUST.

Je m'éloigne à jamais !...

MÉPHISTOPHÉLÈS.

J'ai là, maître,
Un assez riche écrin pour elle, le voici,
Placez-le doucement dans cette armoire-ci :
C'en est assez déjà pour changer tout son être.
Pour acquérir beaucoup je vous donne bien peu;
Mais enfant n'est qu'enfant, comme jeu n'est que jeu.

FAUST.

Je ne sais si je dois....

MÉPHISTOPHÉLÈS.

Eh quoi ! vous ! un scrupule !
Est-ce que l'avarice à ce point vous tiendrait?...
Si vous vous décidiez à garder le coffret,
Ce serait m'épargner plus d'un soin ridicule.
Ce moyen est le seul, j'en cherche un autre en vain :
Il met l'écrin dans une armoire.

Allons.... c'est fait!... venez, éloignons-nous enfin,
Et ne restez pas là, réfléchissant et blême,
Comme si vous cherchiez à résoudre un problème.
Ils sortent.

MARGUERITE *rentrant avec une lampe.*

Que l'air de cette chambre est épais ! qu'il est lourd !
Dehors il fait plus frais... ouvrons cette fenêtre,

Je sentirai mon sein moins oppressé, peut-être...
Je ne sais ce que j'ai ; mais un frisson parcourt
Tout mon corps... qu'est-ce donc?.. je voudrais que ma mère
Ne rentrât pas ce soir... j'ai peur!... folle chimère!...

Elle chante en se déshabillant.

Il était un roi de Thulé
Qui jusqu'à la mort fut fidèle,
Il avait reçu, désolé,
Une coupe d'or de sa belle ;

Gage précieux de l'amour
D'une amante à jamais perdue!
Plus d'une larme chaque jour.
Dans la coupe était répandue !

Quand il sentit sa fin venir,
Le roi légua villes et terre,
D'ici-bas, pour tout souvenir,
Ne gardant que sa coupe chère !

Dans son château, près de la mer,
Il donna sa dernière fête;
Ses chevaliers, bardés de fer,
L'environnaient, l'âme inquiète :

Là, le vieux convive mourant,
Pour ranimer sa force éteinte,
But encor; puis, au flot courant,
Son bras lança la coupe sainte.

D'un œil morne, il la vit s'emplir,
Puis tournoyer dans l'onde noire ;
Chacun alors le vit pâlir...
Le vieux Roi ne devait plus boire !

MARGUERITE *ouvre la porte de l'armoire pour serrer ses vêtements,*
elle aperçoit l'écrin.

Comment cette cassette est-elle ici ?... pourtant
J'avais tantôt fermé mon armoire en sortant ;
C'est singulier !... Peut-être est-ce de quelque dette
Un gage que ma mère a reçu !... Ce ruban,
Cette petite clé ?... Sans paraître indiscrète,
Ne puis-je donc l'ouvrir ? essayons... Dieu puissant !...
De mes jours je ne vis de semblables merveilles ?
Plus d'une grande dame envierait ce collier...
Si j'avais seulement ces beaux pendants d'oreilles !...
Et cette chaîne d'or qu'on aime à voir briller,
Comme elle m'irait bien !... comme cela vous change,
Et vous donne un autre air !... Dans notre obscurité,
Jeunes filles, à quoi nous sert notre beauté ?
Ce n'est que par pitié que l'on en fait louange....
Pour l'or sont les regards , les propos les plus doux,
L'or est tout à présent : sans lui, que sommes-nous ?..

SCÈNE IIIme.

Une promenade.

FAUST absorbé dans ses pensées, se promenant. **MÉPHISTOPHÉLÈS**

MÉPHISTOPHÉLÈS arrivant.

Par les feux de l'enfer ! par l'amour qu'on dédaigne !
Je voudrais bien connaître un fait plus noir encor,
Pour le maudire !...

FAUST.

   Eh quoi ! faut-il que je te plaigne ?
Quel est l'événement qui te trouble si fort ?
Je ne te vis jamais l'air aussi pitoyable...

MÉPHISTOPHÉLÈS.

Je voudrais de grand cœur donner mon âme au Diable,
Si je ne l'étais pas moi-même !...

FAUST.

    Un enragé
Ne tempêterait pas d'un ton plus effroyable,
Et certes, ton cerveau doit être dérangé...

MÉPHISTOPHÉLÈS.

Ce n'est pas sans sujet !... Vous doutez-vous, cher maître,
Où se trouve à présent votre écrin ?... C'est un prêtre
Qui le garde, et voici comment cela s'est fait :
La mère a mis tantôt la main sur le coffret

Que vous aviez laissé chez votre Marguerite :
La dame a l'odorat plus fin que la petite,
Et, la dévotion aidant, elle s'est dit
Qu'un si riche présent devait être maudit ;
Elle a fait demander son confesseur bien vite,
Disant : bien mal acquis ne saurait profiter,
Cela pervertit l'âme, il vaut mieux en doter
La mère du Seigneur, afin qu'elle nous aide
Et que, pour nous, sans cesse, au ciel elle intercède !
A ce propos, la fille a fait, vous pensez bien.
Une assez triste moue ; à regret elle cède
Pourtant : — Est bien venu ce qui ne coûte rien, —
Pensait-elle, — et celui qui, d'une main si sûre,
Pût apporter ici cette riche parure,
N'est point un homme impie !... Enfin le prêtre vient,
Il entend le récit que lui conte la mère,
Et son attention se portant tout entière
Sur le coffret ouvert : — On ne saurait vraiment
En un tel cas, dit-il, agir plus sagement !
Donnez, ma chère dame... heureuse l'âme forte.
Qui renonce à des biens que le démon apporte !
L'Église, Dieu merci, peut tout sanctifier ;
L'Église a dévoré plus d'un pays entier,
Sans en souffrir ; voyez comment elle se porte !
Elle se chargera des bijoux, j'en réponds !

FAUST.

C'est assez son usage, et rois, juifs et fripons
Font de même...

MÉPHISTOPHÉLÈS.

Il saisit là-dessus la parure,
Boucles, chaînes, colliers, qui brillent dans ses doigts,
Il engouffre le tout sous sa robe de bure,
Sans plus remercier la sotte créature
Que s'il ne s'agissait que d'un panier de noix !
Mais tout en promettant les dons du ciel, en somme :
Du reste, on a trouvé que c'est un bien saint homme !...

FAUST.

Et Marguerite ?...

MÉPHISTOPHÉLÈS.

Elle est en un souci fort grand,
Ne sachant que vouloir ; et la gentille enfant
Toute au mal inconnu qui déjà la dévore,
Pense bien aux bijoux, mais beaucoup plus encore
A celui qui, chez elle, apporta ce présent...

FAUST.

Elle souffre, dis-tu, son âme est alarmée ?
Mais je ne le veux pas ! cherche un nouvel écrin
Plus riche, plus brillant... O chère bien aimée,
Je partage déjà ton trouble et ton chagrin !..,

MÉPHISTOPHÉLÈS.

Pour Monsieur, ce n'est plus un simple enfantillage.

FAUST.

Fais comme je te dis, achève ton ouvrage,

A gagner la voisine attache-toi, Satan !
Sois un démon subtil, et, sans perdre un instant,
Trouve un nouveau coffret, mais surtout, fais en sorte
Qu'il soit beau !

Il sort.

MÉPHISTOPHÉLÈS.

De grand cœur ! au fait, un pareil fou,
Dans l'amoureuse ardeur qui déjà le transporte,
Devient un homme habile et capable de tout !
Il tirerait en l'air, comme un feu d'artifice,
Les étoiles, la lune et même le soleil,
Pour divertir sa belle et la rendre propice,
Et lui voir à la lèvre un sourire vermeil !

Il sort.

SCÈNE IVme.

La maison de la voisine.

FRAGMENT.

MARGUERITE, dame MARTHE.

MARGUERITE.

Madame Marthe!...

MARTHE.

Eh bien! que me veux-tu, ma chère?

MARGUERITE.

Oh! mes genoux tremblants se dérobent sous moi!
Admirez cet écrin!...

MARTHE.

C'est un présent de roi!

MARGUERITE.

Je viens de le trouver dans ma chambre... que faire!...
Il est encor plus beau que l'autre...

MARTHE.

Sur ma foi,
Si tu veux m'écouter, n'en dis rien à ta mère,

5

Car elle appellerait son confesseur soudain,
Et le lui donnerait; pour cela j'en suis sûre !

MARGUERITE.

Mais voyez! admirez!...

MARTHE,

Heureuse créature !

MARGUERITE.

Pauvre comme je suis, que me sert cet écrin ?
Je n'oserais porter une telle parure
Dans la rue... à l'église... ah! c'est un grand chagrin !

MARTHE.

Auquel je compatis, ma chère Marguerite,
Afin de l'adoucir, viens plus souvent me voir,
Tu pourras l'essayer à loisir, ma petite,
Et t'admirer joyeuse, et sourire au miroir;
Et quand il sera temps, par quelque jour de fête,
Aux gens l'on fera voir ces superbes bijoux,
Un d'abord, puis un autre... une perle à la tête,
Puis une chaîne, puis un bracelet, puis tous!
Nous ferons à ta mère un récit, une histoire....

MARGUERITE, rêveuse.

Qui donc a déposé ce coffret dans l'armoire,
Marthe?... cela n'est pas naturel, savez-vous?...

Elle sort.

SCÈNE Vme.

Un Jardin.

MARGUERITE, au bras de **FAUST**.
MARTHE et **MÉPHISTOPHÉLÈS**, se promenant de long en large.

MARGUERITE.

Monsieur, je le vois bien, fait preuve d'indulgence
Envers la pauvre fille, et c'est d'un noble cœur
De se mettre au niveau de mon intelligence.

FAUST.

Eh! que me servirait un langage moqueur?
Un seul de tes regards, une seule parole,
C'est beaucoup plus pour moi que le plaisir trompeur
Que m'offrirait le monde, oh! ma gentille idole!

Il lui baise la main.

MARGUERITE

Que faites-vous? Comment pouvez-vous bien ainsi
Baiser ma main si rude? ah! dans notre ménage
Je travaille toujours!... c'est mon devoir aussi!

Ils passent.

MARTHE.

Vous êtes, dites-vous, fort souvent en voyage?

MÉPHISTOPHÉLÈS.

Notre état nous y force... et cependant, parfois,
Il est de certains lieux qu'avec regret l'on quitte,
Mais desquels, par prudence, on s'enfuit au plus vite !

MARTHE.

Aux jours de la jeunesse, il est bon, je le crois,
D'être libre, et d'avoir le monde pour patrie;
Mais quand l'automne arrive, et pèse sur la vie,
On sent que la nature avait sur nous des droits
Trop longtemps méconnus!... l'hiver aux dures lois
Vient alors, se traînant ironique et morose,
On est seul pour souffrir, et c'est pénible chose!

MÉPHISTOPHÉLÈS.

Ce n'est pas sans effroi que je vois, bien qu'au loin,
S'approcher ce moment...

MARTHE.

       J'en suis aise, ayez soin
D'y songer, cher Monsieur; il est bien qu'on se pose !

Ils passent.

MARGUERITE.

Oui, tout cela révèle et la grâce et l'esprit,
Et votre politesse est aimable et facile :
Mais vous devez avoir des amis par la ville
Bien plus spirituels que moi...

FAUST.

       Qu'avez-vous dit?

Ah ! chère enfant, sachez que ce que l'on décore
Souvent du nom d'esprit, n'est, plus souvent encore,
Que fol orgueil, sottise et vanité !...

MARGUERITE.

Comment ?

FAUST.

Faut-il que l'innocence, au parfum si charmant,
Et la simplicité s'ignorent elles-mêmes ?
Qu'elles ne sachent pas la valeur seulement
De leur dignité noble, ô puissances suprêmes !
Faut-il qu'humble candeur, grâce, dons précieux,
Tout ce que fit le Ciel de pur, de radieux...

MARGUERITE.

Assez ! pour un instant pensez à Marguerite ;
Moi de songer à vous j'aurai le temps ensuite...

FAUST.

Vous êtes donc souvent seule ?

MARGUERITE.

Presque toujours,
Et ma vie est la même à peu près tous les jours !
Le ménage est petit, mais il faut qu'on y veille ;
Je n'ai point d'aide : aussi, dès que je me réveille
J'ai tout à faire : il faut nettoyer avec soin,
Et coudre, et tricoter, et courir parfois loin ;

Ma mère tient beaucoup aux plus petites choses :
— Non pas par gêne, elle est au-dessus du besoin ;
Au monde nous pourrions n'avoir pas portes closes,
Et faire comme font tant d'autres aujourd'hui,
Mon père ayant laissé quelque bien après lui :
— Une maison placée aux portes de la ville
Avec un beau jardin ; — mais je vis fort tranquille ;
Mon frère est loin de nous ; — il est soldat.... — J'avais
Une petite sœur, c'est moi qui l'élevais ;
Elle est morte !... à soigner elle était difficile,
Mais je l'ai bien pleurée, allez, car je l'aimais !...

FAUST.

Elle t'eût ressemblé !... ce devait être un ange !

MARGUERITE.

Nous n'étions pas heureux !... quand Dieu nous l'envoya,
Mon pauvre père était dans la tombe déjà,
Et ma mère semblait, par un concours étrange,
Près de l'y suivre... il fut cruel ce moment-là !
Elle fut si longtemps ma mère à se remettre,
Qu'elle ne put songer à nourrir son enfant :
Je dus seule élever le frêle petit être,
Et l'avoir sur mes bras, malade bien souvent ;
Elle m'aima sitôt qu'elle put me connaître :
C'était comme ma fille !...

FAUST.

O cher trésor obscur !
Que ton bonheur devait être touchant et pur !

MARGUERITE.

Sans doute... J'eus pourtant bien des heures troublées
Car elle reposait auprès de moi, la nuit,
Et malgré ma fatigue et mes longues veillées
Au moindre mouvement, comme au plus léger bruit,
Je me levais... j'allais en chantant par la chambre
Pour l'endormir, —en juin aussi bien qu'en décembre; —
Tantôt sur mes genoux berçant l'enfantelet,
Tantôt calmant ses cris avec un peu de lait!
Cela n'empêchait pas qu'il me fallut encore
M'en aller au lavoir, au marché, dès l'aurore,
Revenir au logis, allumer le foyer,
Tout mettre en ordre, enfin, puis encor travailler;
Et chaque jour ainsi, dans notre humble demeure
S'écoulait, sans que rien vînt parfois m'égayer...
Mais on en goûte mieux le repos à son heure!...

Ils passent.

MARTHE.

Les femmes à cela ne gagnent jamais rien;
Vaincre un célibataire est chose difficile!...

MÉPHISTOPHÉLÈS.

Qu'une femme semblable à vous le veuille bien,
Et c'est plus qu'il ne faut pour me rendre docile
Et meilleur...

MARTHE.

          Est-il vrai? n'auriez-vous, par hazard,
Jamais laissé parler votre cœur quelque part?...

MÉPHISTOPHÉLÈS.

« Une maison à vous, dit un certain proverbe,
Une excellente femme, — et c'est rare trésor ! —
Ont plus de prix cent fois que les perles et l'or ! »

MARTHE.

Eh bien?...

MÉPHISTOPHÉLÈS.

Ce vieux dicton, je le trouve superbe !

MARTHE.

Je vous ai demandé si vous n'aviez jamais
Obtenu des faveurs... vous me comprenez?...

MÉPHISTOPHÉLÈS.

Mais
Partout, honnêtement je fus reçu...

MARTHE.

Votre âme
A-t-elle de l'amour connu bonheur, regrets?...

MÉPHISTOPHÉLÈS.

La prudence est surtout utile avec la femme,
Trop badiner expose, et...

MARTHE.

C'est un parti pris,
Vous ne m'entendez pas !

MÉPHISTOPHÉLÈS.

          Dam! j'en suis tout surpris,
Je crois voir, toutefois, que... vous avez, madame,
Pour moi bien des bontés...

                              Ils passent.

FAUST.

          Cher petit ange, quoi!
Tu me reconnus donc quand j'approchai de toi
Ici, dans ce jardin?...

MARGUERITE.

          Le voir était facile,
Car je restai les yeux baissés, rouge, immobile
D'étonnement...

FAUST.

          Du moins, tu pardonnes, dis-moi
Cette témérité que je m'étais permise,
De te parler, à l'heure où tu quittais l'église?...

MARGUERITE.

Oh! j'en fus consternée, et malheureuse aussi!
Jamais on ne m'avait en route inquiétée,
Ni suivie, et pour moi ce fut un grand souci :
Peut-être ma démarche était par trop hâtée,
Hardie, inconvenante ; il m'a jugée ainsi,
Disais-je, sans cela m'aurait-il arrêtée,
Et parlé comme on fait à ces filles sans mœurs
Qu'on rencontre en chemin?... puis, malgré mes frayeurs,

Je ne sais quoi déjà me faisait moins austère
Et plaidait votre cause en moi ; mais, au surplus,
Dans le premier moment, certes je m'en voulus
De n'avoir pas été plus rude et plus sévère.

FAUST.

Amour !...

MARGUERITE.

Laissez-moi donc, Monsieur ;...

FAUST.

Que veux-tu faire
De ces fleurs? un bouquet?...

MARGUERITE.

Non, non, ce n'est qu'un jeu ;

FAUST.

Un jeu dis-tu?... Comment?...

MARGUERITE.

On en rit quelque peu.
Mais qu'importe!...

FAUST.

Voyons ! ma foi, c'est un problème...
Que murmures-tu là douce petite?...

MARGUERITE, effeuillant une fleur.

Il m'aime!
Il ne m'aime pas... non...

FAUST.

Beau chérubin du ciel!

MARGUERITE.

Il m'aime... un peu... beaucoup... il m'aime!.. c'est réel!

FAUST.

Oui, ma jolie enfant! Oui, je ne sais moi-même
A quel point tu m'es chère!.. Ah! Puisse cette fleur
D'un bonheur sans mélange être pour toi l'emblême!
Oui, je t'aime! entends-tu? je t'aime!...

MARGUERITE.

Tout mon cœur
A cette voix tressaille...

FAUST.

O douce créature!
Ne frémis pas alors que ma bouche murmure
L'aveu de mon amour! que mes regards brûlants,
Et ma tremblante main, pressant tes doigts tremblants,
Te disent mille fois ce qu'éprouve mon âme,
Mieux que ne le feraient des paroles de flamme!
S'aimer! s'aimer! vois-tu, c'est voir s'ouvrir le ciel,
C'est confondre deux cœurs en une joie immense,
C'est un ravissement... éternel... éternel!...
Car en prévoir la fin, ce serait la démence!
Oh! non, non, point de fin!

Marguerite s'enfuit troublée, Faust court après elle.

MARTHE.

Déjà la nuit commence :

MÉPHISTOPHÉLÈS.

Il est temps de partir ...

MARTHE.

Je voudrais vous prier
De demeurer encor, mais dans le voisinage,
On verrait là bientôt sujet de babiller,
Le monde est si méchant! c'est si bien son usage,
Que pour médire à l'aise, il passe à surveiller
Des instants qu'il pourrait beaucoup mieux employer;
Il devine, — il invente, — au point que le plus sage
A lui-même à subir son cruel bavardage!
Et nos deux jeunes gens?...

MÉPHISTOPHÉLÈS.

Comme des papillons
Ils se sont envolés, lorsque nous arrivions,
Au fond de la charmille...

MARTHE.

Il aime Marguerite...

MÉPHISTOPHÉLÈS.

Elle aime aussi, je crois... ah! l'amour vient si vite!

SCÈNE VIme.

MARGUERITE y saute, se blottit derrière la porte, tient le bout de
ses doigts sur ses lèvres et regarde par la fente.

MARGUERITE.

Il vient!...

FAUST.

Méchante enfant! tu voulais m'agacer;
Mais je te tiens!... tu vas me payer d'un baiser!

Il l'embrasse.

MARGUERITE exaltée, lui rendant le baiser.

Oh! je t'aime! entends-tu, toi le meilleur des hommes!
Oui, je t'aime d'amour!...

On frappe.

FAUST.

Ce bonheur où nous sommes,
Qui donc est si hardi de le venir briser?

MÉPHISTOPHÉLÈS.

Monsieur, c'est un ami...

FAUST.

Non, c'est un imbécile!

MÉPHISTOPHÉLÈS.

Se quitter, je le sens, n'est pas chose facile,
Pourtant il faut partir...

MARTHE.

Oui, car voici le soir!...

FAUST, à Marguerite.

Puis-je vous reconduire?

MARGUERITE.

On pourrait le savoir,
Et ma mère... Partez!... Adieu!...

FAUST.

Que je vous quitte!

Eh, le puis-je?...

MARTHE.

Au revoir...

FAUST.

Adieu donc, Marguerite !...

Il sort avec Méphistophélès ; Marthe les guide.

MARGUERITE, seule.

O mon Dieu!... Dans mon cœur cet homme est triomphant!
Il sait tout!... il lit tout! sa pensée est si prompte!
A ce qu'il dit, toujours je réponds oui... j'ai honte !
Que trouve-t-il en moi, pauvre ignorante enfant,
Qui lui plaise et le charme? il m'aime, cependant!..

SCÈNE VIIme.

Forêts et Cavernes.

FRAGMENT.

FAUST, seul.

Dès que je t'ai prié, tu m'as, Esprit sublime,
Sur l'heure accordé tout... tu ne m'as pas en vain
Animé de ton souffle et brûlant et divin. —
Pour royaume, tu m'as donné cieux, monts, abîme,
Pour couronne, ô mon maître, un savoir surhumain !

. . . .

Tu m'as fait pénétrer le secret de tout être :
Déroulant devant moi la chaîne des vivants,
Tu m'as laissé tout voir, tout lire, tout connaître ;
Ton livre s'est ouvert sous mes yeux triomphants !...

. . . .

Lorsque dans la forêt, comme un sombre présage,
La tempête en fureur passe avec mille cris,
Courbant, déracinant, brisant sur son passage
Les gigantesques pins qui heurtent leur feuillage,
Et tombent sur le sol tout jonché de débris ;
Quand leur chute résonne, ainsi que des tonnerres,
Arrachant aux échos mille plaintes amères,
Dans l'asile discret des cavernes, alors,
Esprit, tu me conduis, loin des bruits du dehors :
Et tu m'enseignes là, parmi tous tes mystères,
Ce que mon propre sein renferme de trésors !...

. . . .

Lorsque la lune pâle et tranquille s'élève
Dans le ciel, par degrés, comme ferait un rêve,
Je vois dans les rochers, avec de doux frissons,
Les ombres du passé courir sur les buissons,
Adoucissant pour moi les voluptés austères
Des méditations de mes nuits solitaires!

. . . .

Pourtant... l'homme jamais ne possédera rien
De parfait ici-bas; Esprit, je le sens bien!
Hélas! en m'accordant de suprêmes délices,
Qui m'égalent aux Dieux, — et qui font mes supplices! —
Tu voulus m'imposer un sombre compagnon ;
(J'ose à peine à moi-même en murmurer le nom!) —
Tout en lui me repousse et je hais ses services,
Et déjà je ne puis m'en priver!... cruel don!
Cet être froid et fier à mes yeux me rabaisse,
Sa parole ironique et moqueuse me blesse,
Et replonge au néant les bienfaits précieux
Dont tu m'avais comblé, sublime esprit des cieux !
Allumant en mon sein cette flamme sauvage,
Ce besoin dévorant d'insatiable amour,
Il a fait de ma vie un éternel orage!...
Je vole de plaisirs en plaisirs, chaque jour,
Sans trouver le bonheur... ô décevant mirage!...

. . . .

SCÈNE VIIIme.

La chambre de Marguerite.

MARGUERITE seule, à son rouet.

Le repos jamais ne sera rendu
A mon pauvre cœur, d'amour éperdu!...

Dès qu'il n'est plus là, ma raison succombe,
Mon âme est en proie au trouble, au souci;
Tout m'est amertume, hélas! c'est ainsi;
Le monde à mes yeux n'est plus qu'une tombe!

Le repos jamais ne sera rendu
A mon pauvre cœur, d'amour éperdu!...

Pour le voir, je viens à cette fenêtre,
Sa vue est pour moi comme un doux poison :
Pour suivre ses pas, je fuis la maison,
Lui seul est ma vie!... et ma mort, peut-être!

Le repos jamais ne sera rendu
A mon pauvre cœur, d'amour éperdu!...

Son noble maintien, sa voix, son sourire,
Sa fière démarche, et son œil de feu;
Sa main dans ma main... et puis, ô mon Dieu!
Son baiser de flamme!... à lui tout m'attire!

Le repos jamais ne sera rendu
A mon pauvre cœur, d'amour éperdu!...

Que ne puis-je... Ah ! c'est toute ma pensée !
Le tenir captif, mes bras pour liens,
De mille baisers étouffant les siens
Mourir !... oui, mourir, sur son sein pressée ! !...

A mon pauvre cœur malade, éperdu,
Le repos jamais ne sera rendu !...

SCÈNE IXme.

Le jardin de Marthe.

FRAGMENT.

FAUST, MARGUERITE.

MARGUERITE.

Mon Henry, promets moi.....

FAUST.

Tout!.. tout ce que je puis !

MARGUERITE.

Quelle religion est donc la tienne, dis ?
Ton cœur est excellent, je le sais, j'en suis sûre ;
Mais tu n'as pas, je crois, — ce n'est point une injure, —
Toute la piété que je voudrais...

FAUST.

Enfant !
Laissons, laissons cela : tu sais combien je t'aime !
Pour ton amour, vois-tu, je me vendrais moi-même.
Je donnerais mon corps et mon âme et mon sang !
Va, je ne prétends pas te ravir ta croyance...

MARGUERITE.

Cela ne suffit pas, Henry : mon espérance,
C'est que ma foi soit tienne.... il le faut !...

FAUST *souriant.*

Le faut-il?

MARGUERITE.

Oh! si j'avais ami, sur toi quelque puissance,
Il en serait ainsi... mais ton esprit subtil
N'honore même pas les sacrements, je pense?

FAUST.

Je les honore...

MARGUERITE.

Soit, mais sans en approcher
Et c'est fort mal! jamais tu ne vas à confesse,
Jamais l'on ne te voit assister à la messe;
Crois-tu même en ton Dieu, qui défend de pécher?...

. . . .

. . . .

. . . .

Pour te parler ainsi, je suis bien ignorante;
Une chose, au-dessus de toutes, me tourmente:
C'est de voir que cet homme est toujours près de toi
T'accompagnant partout!...

FAUST.

Comment?...

MARGUERITE.

Henry, crois-moi,

MARGUERITE.

A son nom je ressens un trouble involontaire,
Je le hais, je le hais autant que je puis faire;
Il me blesse le cœur en le glaçant d'effroi!...

FAUST.

Ne crains rien, chère enfant!...

(A part)
Elle en est tout émue.

MARGUERITE.

Oui, tout mon être, Henry, se révolte à sa vue!
Autant à te voir, toi, j'éprouve de bonheur,
Autant il me dégoûte et m'inspire d'horreur!...
Si je l'ai mal jugé, — Dieu me soit secourable! —
Je jurerais, ami, que c'est un misérable!

FAUST.

De ces espèces-là l'on a besoin parfois,
Il en faut ici-bas, ma jolie...

MARGUERITE.

Ah! tu crois?
Moi, je ne voudrais pas d'un compagnon semblable.
Lorsqu'il entre, moitié railleur, moitié sournois,
On démêle colère, ironie en sa voix;
D'aucun bon sentiment cet homme n'est capable!
Il ne doit rien aimer au monde, Henry, non, rien!
Quand je suis à ton bras, seule, je suis si bien,
Si joyeuse, si libre et si fière!... il arrive,
Je me sens froid, je reste et muette et craintive!...

FAUST.

Oh! quel pressentiment chez cet ange!...

MARGUERITE.

                                         Cela
Me domine si fort, qu'aussitôt qu'il est là,
Tout mon plaisir s'enfuit... — et tu sais si je t'aime! —
Lui présent, je ne puis prier, c'est cruel, va
Ce que je souffre.... en toi n'en est-il pas de même?

FAUST.

Etrange antipathie!...

MARGUERITE.

                    Il faut nous séparer,
Adieu!...

FAUST.

              Déjà? non, reste... Ah! quand puis-je espérer
De reposer mon cœur sur ton cœur plein de flamme,
Une heure, un seul instant? et là, de m'enivrer
D'amour, en confondant mon âme avec ton âme?

MARGUERITE.

Non moins que toi je songe à ce moment si doux!
Et volontiers, ce soir, j'oublierais les verroux;
Mais ma mère si près de ma chambre repose,
Et si facilement s'éveille... non, je n'ose!
Elle nous surprendrait peut-être, et, je le sens,
J'en mourrais de douleur!...

FAUST.

> Ange, si tu consens
Ne crains rien.... ce flacon renferme quelque chose
Qui, sans aucun danger, captivera ses sens:
Deux gouttes seulement... sa paupière fermée...

MARGUERITE.

Ah! que ne fais-je pas pour toi!... Rien de fatal
Ne peut lui arriver?...

FAUST.

> Sans cela, bien aimée,
Te le conseillerais-je?...

MARGUERITE.

> Henry, si c'était mal!...
Hélas, quand je te vois, je ne sais quoi m'oblige
A te céder toujours dès que ton cœur l'exige;
Ce qui te plaît me plaît, et j'ai tant fait pour toi,
Qu'il ne me reste rien à t'accorder, je croi...

Elle sort.

FAUST.

Oh! chère, chère enfant que l'amour seul dirige !

SCÈNE Xme.

FAUST, MÉPHISTOPHÉLÈS.

MÉPHISTOPHÉLÈS.

La brebis est partie...

FAUST.

Et tu nous écoutais?

MÉPHISTOPHÉLÈS.

De la bonne leçon, ma foi, je profitais!
On vous catéchisait de la belle manière;
Cela vous servira... La plus novice est fière
De rendre son amant doux et religieux,
Et de l'initier aux usages pieux:
—Celui qui s'humilie est à moi, pense-t-elle...

FAUST.

Monstre! Tu veux juger cette âme si fidèle,
Cet ange pur, si plein de candeur, de foi,
Dont l'unique pensée est son amour pour moi,
Et qui, dans son bonheur, pieusement redoute,
De voir le bien-aimé s'écarter de sa route!...

MÉPHISTOPHÉLÈS.

O merveille! O sensible et trop sensible amant!
Qu'un enfant, par le nez, te conduit aisément!

FAUST.

Vil composé de boue et de feu !

MÉPHISTOPHÉLÈS.

                        L'innocente
En physionomie est experte, on le voit ;
Elle frémit d'horreur dès qu'elle m'aperçoit !
On dirait qu'elle sent ma griffe menaçante,
Qu'elle soupçonne en moi le sombre esprit du mal,
Le génie, en un mot, qui lui sera fatal !
Et pourtant, cette nuit....

FAUST.

            Eh , que t'importe , traître ?

MÉPHISTOPHÉLÈS.

Beaucoup... dans toute joie, ai-je pas ma part, maître ?

SCÈNE XIme.

Le lavoir.

MARGUERITE, LISETTE.

LISETTE.

Sur la petite Barbe on jase, sais-tu bien,
N'en as-tu rien appris, Marguerite?

MARGUERITE.

         Non, rien,
Je vois fort peu de monde, et ne vais par la ville
Qu'en passant...

LISETTE.

     Je doutais, mais ce matin Sybille
M'en a dit assez long : D'ailleurs cela se sait.
Les voilà bien avec leurs grands airs!... c'est bien fait...

MARGUERITE.

Comment?...

LISETTE.

     Oui, c'est ainsi, tu me comprends, j'espère?
C'est une horreur, vois-tu, Barbe est près d'être mère!
A-t-elle été longtemps pendue à ce vaurien,
Aux fêtes, à la danse, et partout : tu sais bien?

Il fallait qu'en tous lieux elle fût la première ;
Aussi, de sa beauté se montrait-elle fière !
Lui, l'attirait sans cesse, offrant à tout propos
Des plaisirs, des présents, des fruits et des gâteaux.
Mais au lieu d'en rougir comme une honnête fille,
Barbe en était heureuse... Eh, comment refuser
Un sourire d'abord et plus tard un baiser,
Puis, enfin, son honneur ?... c'est de quoi l'on babille.

MARGUERITE.

La pauvre créature !...

LISETTE.

              Ah bon ! plains-là vraiment !
Quand nous filions le lin, sans même qu'à la porte
On nous laissât descendre, elle, joyeusement,
Sans gêne, s'en allait au bras de son amant
S'asseoir sur quelque banc dans le jardin, de sorte
Qu'ils ne trouvaient jamais, en leur rêve oubliés,
De soirée assez longue et d'assez noirs sentiers.
Elle peut certes bien, à présent, repentante,
En toute humilité, les yeux de pleurs noyés,
A l'église, à genoux, faire la pénitente.

MARGUERITE.

Pour femme il la prendra, sans doute ?..

LISETTE.

                    Il serait fou !
Un galant bien dispos veut être libre, en somme,
Il a pris sa volée et nul ne peut dire où.

MARGUERITE.

Ah! c'est mal, c'est bien mal! c'est lâche pour un homme!

LISETTE.

Et quand il reviendrait, cela ne ferait rien,
Barbe verrait bientôt sa couronne arrachée
Par les garçons, et nous les filles, saurions bien
Semer devant son seuil de la paille hachée!

Elle s'éloigne.

MARGUERITE, seule.

Comment pouvais-je donc parler si hardiment,
Quand une pauvre fille avait failli! comment
Pouvais-je, devant tous, la blâmant à voix haute,
Divulguer sans pitié les suites de sa faute,
Et, loin de l'excuser, la noircir quelquefois,
Et faire, en y songeant, un grand signe de croix?
Moi, coupable aujourd'hui! moi, moi le péché même!
Tout m'entraîna pourtant, vous le savez, Seigneur,
Mon Dieu, vous le savez! il me disait : je t'aime!
Et moi, je l'écoutais avec tant de bonheur,
Que je ne savais pas résister à mon cœur!...

SCÈNE XIIme.

Dans un creux du mur l'image de Mater-Dolorosa ; des pots de fleurs devant.

MARGUERITE, apportant des fleurs nouvelles.

Abaisse, ô mère des douleurs,
Un œil de pitié sur ma peine :
A tes pieds je répands les pleurs,
Dont mon âme brisée est pleine !

Tu contemples, le glaive au cœur,
Et dans une angoisse profonde,
La mort cruelle du Seigneur,
De ton fils, le sauveur du monde !

Tes regards navrés, vers les cieux,
S'élèvent pour prier son Père,
Et tes larmes comme tes vœux,
Demandent secours, Sainte Mère !

Mais hélas ! qui le sentira
Le mal profond qui me déchire ?
De mon cœur qui devinera,
L'inquiétude et le martyre ?

En quelque lieu qu'errent mes pas,
C'est une douleur bien amère,
Bien amère que celle, hélas !
Qu'après moi je traîne sur terre !

Dès que je suis seule, un moment,
Toute seule dans ma demeure,
Je m'abandonne à mon tourment,
Je pleure, je pleure, je pleure !...

Mère, je t'apporte ces fleurs
Qui venaient devant mes croisées ;
Elles ont grandi sous les pleurs
Dont mes yeux les ont arrosées !

Je les cultivai de ma main,
Dans leur étroite plate-bande,
Mère du Christ, et ce matin,
Je te les apporte en offrande.

Le premier rayon du soleil
Me trouve sur ma couche assise,
Il n'est plus pour moi de sommeil,
Une lente douleur me brise !

Arrête, s'il est temps encor,
Le flot qui grandit et qui monte :
Mère, sauve-moi de la mort,
Vierge, sauve-moi de la honte !...

SCÈNE XIIIme.

FRAGMENT.

VALENTIN, seul.

Lorsque j'étais assis à l'une de ces fêtes
Où chacun, à plaisir, parlait de ses conquêtes,
Et que mes compagnons vantaient en leurs discours,
Les faciles objets de leurs folles amours,
— Arrosant chaque éloge avec forces rasades ; —
Moi, je les laissais dire, impassible toujours,
Riant dans ma moustache à ces fanfaronnades,
Les coudes sur la table ; alors prenant en main
Mon verre bien souvent resté le dernier plein :
— Chacun son goût ! disais-je aux jeunes camarades ;
Mais est-il une femme, une fille au pays,
Qu'on puisse comparer à ma sœur ? je le dis,
Pas une ne serait, — on sait si je la vante, —
Digne de devenir seulement sa servante,
Tant Marguerite est pure et se tient saintement !
— *Tope, tope* et *cling, clang,* résonnaient bruyamment :
— Il a raison disaient les uns ? Oui, Marguerite
De toute la contrée est certes l'ornement ! —
Les autres, — les vantards, — restaient muets ensuite !...
Maintenant... Oh ! c'est fait, pour se briser le front
A la muraille ! C'est affreux !... Le premier drôle,

A la rencontre, peut me venir faire affront!
Le plus lâche coquin, — et cela me confond, —
Peut, en parlant de moi, rire et hausser l'épaule!
Ah, par l'enfer! c'est trop!... je ne veux pas, mordieu,
Rougir comme un coupable, à toute heure, en tout lieu,
Épiant les regards, suant à grosses gouttes
A toute allusion!... et dussé-je, en quartiers,
Les hacher tous ensemble, il faudra que mes doutes
S'éclaircissent... Je veux pouvoir fouler aux pieds
Tous ces propos... ou bien!...

            ...Mais qui vient? qui se glisse

Là-bas, le long du mur? peut-être ce sont eux!...
Ah! si c'est lui, malheur!... car il faut qu'il périsse!
La terre ne peut pas nous porter tous les deux!

     . . . .

     . . . .

     . . . .

SCÈNE XIVme.

VALENTIN, FAUST, MÉPHISTOPHÉLÈS
puis MARTHE, MARGUERITE, Gens du Peuple.

VALENTIN, fondant sur Faust.

Allons , en garde ! allons !....

MÉPHISTOPHÉLÈS.

     Ne fléchissez pas, maître !
Tenez-vous près de moi... flamberge au vent... Poussez !
Je pare, maintenant....

VALENTIN.

   Pare donc ce coup, traître !

MÉPHISTOPHÉLÈS.

Pourquoi pas?...

VALENTIN.

  Celui-ci?...

MÉPHISTOPHÉLÈS.

    Facilement, peut-être...

VALENTIN.

Ah ça! mais... c'est le diable?

MÉPHISTOPHÉLÈS.

   On le croirait assez!

9

VALENTIN.

Qu'est-ce? Pourquoi ma main se paralyse-t-elle?

MÉPHISTOPHÉLÈS.

Poussez, docteur...

VALENTIN, tombant.

Grand Dieu!...

MÉPHISTOPHÉLÈS à Faust.

La blessure est mortelle,
Le lourdaud se taira désormais, par ma foi!
Au large, maintenant, et vite... Suivez-moi...
Déjà l'on crie au meurtre... on accourt, on s'assemble,
Et quoique la police et moi soyons ensemble
Assez bien, j'aime mieux cependant l'éviter...

Ils s'enfuient.

MARTHE.

Au secours! au secours!...

MARGUERITE, à sa fenêtre.

Voici de la lumière!

MARTHE.

Où sont les meurtriers?... il faut les arrêter...

LE PEUPLE.

Ils sont bien loin... Voyez!... un homme est là, par terre.

MARGUERITE, arrivant.

Ah! qui donc est tombé?...

LE PEUPLE.

                              C'est le fils de ta mère!

MARGUERITE.

Il va mourir, — mon Dieu!...

. . . .
. . . .
. . . .

VALENTIN.

                              Mourir... c'est bientôt dit,
Et plus tôt fait encor... femmes pourquoi ce bruit?
Que sert-il de gémir, de crier de la sorte?...
Écoutez bien, avant qu'un dernier souffle emporte
Ma voix qui s'affaiblit...
                    A Marguerite. Approche... Tiens, vois-tu,
Toi, qui, naguère, étais un ange de vertu,
Tu commences bien jeune une triste carrière?
La honte est au début, à la fin, la misère!...
Marguerite!...

MARTHE.

                              Ah! songez à faire votre paix
Avec le ciel...

VALENTIN.

Tais-toi, si j'ai quelques regrets,

C'est de ne pas pouvoir, abominable femme,
Ignoble entremetteuse, ainsi que j'espérais,
Te châtier à l'aise, avant de rendre l'âme,
Afin de racheter mes péchés à jamais !...

MARGUERITE.

Mon frère ! Oh ! peine affreuse !

VALENTIN, s'affaiblissant.

Enfant, je t'en conjure,
Laisse là, laisse là tes larmes... De l'honneur
Quand tu t'es séparée, ah ! c'est alors qu'au cœur
J'ai reçu de ta main la mortelle blessure !...
Pauvre sœur, ce n'est pas celle-ci, — sois en sûre, —
Qui me tue... à présent... adieu !... Pense au Seigneur,
Moi, je vais lui remettre une âme brave et pure !...

. . . .

Il meurt.

SCÈNE XVme.

MARGUERITE, LE MAUVAIS ESPRIT,
La Foule.

MARGUERITE, parmi la foule. — LE MAUVAIS ESPRIT derrière elle.

Comme tu me semblais tout autre, jeune fille,
Lorsqu'enfant tu cherchais à l'ombre de l'autel,
Dans ce vieux livre usé, relique de famille,
Une sainte prière à murmurer au Ciel!...
Ton cœur se partageait alors plein d'innocence,
Entre les jeux bruyants de la naïve enfance,
Et l'amour du Seigneur, ce refuge éternel!
Ah, Marguerite! où va ta pensée à cette heure?
Dans ton âme, à quinze ans, que de péchés, déjà!
Que de remords aussi! vois... morne est ta demeure.
Ta mère est dans la tombe, et la honte abrégea
Les jours qui lui restaient à passer sur la terre!
Tu veux prier! Pour qui? Pour elle, ou pour ton frère,
Dont le sang, sur ton seuil, une nuit se figea?...

MARGUERITE.

Grand Dieu!...

LE MAUVAIS ESPRIT.

Ne sens-tu pas que dans ton sein s'agite,

Pour ton propre tourment, pour le sien ici-bas,
Un être, un innocent, dont la venue, hélas !
Est pour toi d'un funeste augure, ô Marguerite ?...

MARGUERITE.

Comment échapperai-je à la voix qui, tout bas,
Me condamne, ô mon Dieu !... m'avez-vous donc maudite?

LE CHŒUR.

Dies iræ, Dies illa
Solvet sœclum in favillâ.

L'orgue joue.

LE MAUVAIS ESPRIT.

La colère céleste est sur toi suspendue,
La trompette résonne, et sous la terre émue
Les morts tremblent !... Déjà, du trépas ranimé,
Ton cœur près de sentir les flammes éternelles
Tressaille !...

MARGUERITE.

Ah ! je veux fuir ! fuir ces terreurs nouvelles,
Aller loin, loin d'ici !... L'orgue, autrefois aimé,
M'oppresse et me fait mal !... mon esprit alarmé
S'ébranle à ses accents, à ses plaintes cruelles !

LE CHŒUR.

Judex ergo cùm sedebit,
Quidquid latet apparebit,
Nil inultum remanebit.

MARGUERITE.

Funèbres souvenirs, dont tous mes sens s'émeuvent!
Ces piliers, de leur poids semblent peser sur moi ...
Cette voûte m'écrase!... Oh! de l'air!...

LE MAUVAIS ESPRIT.

Vain effroi!
Marguerite, le crime et la honte ne peuvent
Se cacher; le sais-tu? malheur, malheur à toi!...

LE CHOEUR.

Quid sum miser tunc dicturus,
Quem patronum rogaturus?
Cùm vix justus sit securus...

LE MAUVAIS ESPRIT.

Les élus devant toi détournent leur visage,
Nul juste ne te tend la main sur ton passage,
Désormais, Marguerite, à toi peines, douleurs!..

LE CHOEUR.

Quid sum miser tunc dicturus?...

MARGUERITE.

Voisine, par pitié, secourez-moi... Je meurs!...
Elle tombe en défaillance.

SCÈNE XVIme.

FAUST, MÉPHISTOPHÉLÈS.

FAUST.

Vouée au désespoir, à la honte et captive !
Captive, Marguerite, après avoir souffert
Tout ce qu'on peut souffrir. — Pauvre fille craintive ! —
Comme une criminelle, au fond de cet enfer
Que l'on nomme un cachot, — sans soleil et sans air, —
Enfermée ! — et pour moi, — la douce créature ;
A ce point avilie, Elle !... affreuse torture !
Mais que faire aujourd'hui ?...

     A Méphistophélès. Misérable imposteur !
Tu me cachais son sort... Va, roule avec fureur
Tes farouches regards pleins de sang et de flamme ;
Grince les dents, agite bien ta tête infâme !
Ton œuvre de démon ne saurait s'achever !
Elle souffre, elle pleure... ah ! je veux la sauver,
L'arracher à ses maux, peut-être irréparables,
Aux esprits malfaisants, aux lois inexorables
D'une justice aveugle ...

     — Et toi, pendant ce temps, —
Heureux de m'éloigner de celle qui m'est chère,
Tu m'entraînais au sein de plaisirs dégoûtants,
Me laissant ignorer sa croissante misère,

Ses angoisses, hélas ! — Pauvre ange de quinze ans, —
La mort qui la menace !...

MÉPHISTOPHÉLÈS.

                              Est-elle la première
Qui tombe jusques-là, dis?...

FAUST.

                              Exécrable chien !
Tais toi !...

                   ... Maître éternel, ô source de tout bien,
Change-le, change-le, tu l'entends, il me brave!...
Il était chien avant que d'être mon esclave;
Il se plaisait, la nuit, à courir devant moi,
Caressant et soumis : pour écarter l'effroi,
Il se roulait aux pieds du voyageur paisible
Qu'il renversait soudain d'une étreinte terrible...
A ma voix, rends-lui donc, toi, le sublime Esprit,
Sa forme primitive et sa nature étrange,
Afin que, sous mes yeux, il rampe dans la fange,
Et que du pied, je puisse écraser ce maudit !...

. . . .

Marguerite n'est pas la première, as-tu dit?
Horreur ! horreur ! horreur !... Est-il une âme humaine
Qui puisse distiller l'ironie et la haine
Dont est rempli ce monstre? Oh, Marguerite, mais
C'est affreux à penser cela !.. quoi, cet abîme
Reste béant toujours ! Une seule victime,
— La première, — n'a pu racheter à jamais,

— Aux yeux de l'Eternel, si juste en ses arrêts, —
De son sexe déchu, la faiblesse ou le crime?...

. . . .

Et, tandis que, songeant aux maux que doit souffrir
Cet ange, — mon amour, — je sens en moi courir
Le souffle du remords qui dessèche ma vie;
Tandis que ce penser tient mon âme asservie,
De mon rêve, épiant le douloureux réveil,
Toi, tu souris, valet, de ton sourire immonde,
A cette idée affreuse, horrible, qu'en ce monde,
D'autres, — et par milliers, — ont un destin pareil!

MÉPHISTOPHÉLÈS.

Notre esprit garde encor sa première limite,
Que l'homme par le sien est déjà dépassé.
A marcher avec nous, malheureux, qui t'invite?
De notre compagnie es-tu sitôt lassé?
Quoi, tu veux voler seul! mais pour un tel prodige,
Es-tu donc assuré d'échapper au vertige?
Est-ce nous, au surplus, est-ce nous, insensé,
Qui t'avons invoqué?...

FAUST.

Tais-toi! Tais-toi, te dis-je,
Et ne viens pas gronder si près de moi, satan!
Tout mon cœur, de dégoût se soulève... Va-t'en!..

. . . .

Pourquoi, divin Esprit, qui, par ta grâce insigne,
Me permis de comprendre et ton œuvre et ton nom,
Pourquoi m'as-tu donné ce hideux compagnon
Qui se nourrit de pleurs, et ne se plaît, — l'indigne! —
Qu'au spectacle navrant de la destruction?...

MÉPHISTOPHÉLÈS.

Après?...

FAUST.

Je ne veux pas que Marguerite meure,
Tu m'entends?.. sauve-la, je l'exige, et sur l'heure,
Sinon, malheur à toi, monstre, je saurai bien
Punir ta trahison!..

MÉPHISTOPHÉLÈS.

Et si je ne puis rien?...

FAUST.

Tu railles?... Va, je veux qu'elle me soit rendue...

MÉPHISTOPHÉLÈS.

Impossible ?... Est-ce moi d'ailleurs, qui l'ai perdue,
Ou bien toi ?... La menace est un mauvais moyen
Entre nous... Faust s'agite furieux.
          Cherches-tu le tonnerre, mon maître?
Il est heureux qu'il soit en des mains d'où nul être
Ne saurait l'arracher, car tu t'en servirais
Contre moi, n'est-ce pas?. mais après, dis, après?...

FAUST.

Qu'elle soit libre!.. Viens, et conduis moi vers elle!

MÉPHISTOPHÉLÈS.

Tu ne calcules rien dans l'excès de ton zèle.
As-tu donc oublié que le sang répandu
Par ta main, fume encore sur le sol?... songes-tu
Que la justice attend, patiente, implacable
L'instant de te saisir à ton tour?...

FAUST.

Tout m'accable!...
L'apprendre de ta bouche... ici!... ruine et mort!...
Que tout un univers, démon, sur toi retombe!..
Conduis-moi, guide-moi, s'il en est temps encor
Te dis-je!... Ce cachot, pour elle, c'est la tombe!

MÉPHISTOPHÉLÈS.

Soit, je vais t'y conduire...

FAUST.

Enfin!..

MÉPHISTOPHÉLÈS.

Mais sache bien
Que j'ai moins de pouvoir pour sauver, sur la terre,
Que pour perdre... voici tout ce que je puis faire:
C'est d'endormir les yeux et l'esprit du gardien,

Et de mettre ses clés entre tes mains : ensuite
Agis dans la prison, dehors je veillerai;
Des chevaux enchantés seront prêts pour la fuite,
Et tous deux, — au retour, — je vous enleverai !

FAUST.

Ah ! je n'hésite pas !... Partons... O Marguerite !...

SCÈNE XVIIme.

Le cachot.

FAUST, MARGUERITE.

FAUST.— Un paquet de clés d'une main; de l'autre, une lampe.
Il s'arrête devant une petite porte de fer.

Je ne sais quel frisson se glisse dans mon cœur!
Le cortége hideux des misères humaines
Semble s'appesantir sur ma tête... O douleur!...
Ce cachot ténébreux, où tant de plaintes vaines
S'éteignent, c'est le sien... Elle est là, dans les chaînes,
Et pour quel crime?... hélas! pour une douce erreur!
Tu crains d'approcher, Faust!... cette chère complice!
Tu n'oses la revoir... Entre donc... ta terreur,
Tes hésitations prolongent son supplice!...

MARGUERITE, chantant dans l'intérieur du cachot.

C'est mon coquin père
 Qui m'égorgea;
C'est ma farouche mère
 Qui me mangea;
Et ma petite sœur, la folle,
Jeta mes os dans un endroit
 Humide et froid;
Et je devins l'oiseau qui vole,
 Vole, vole, vole!

FAUST.

Avançons... Elle est loin de songer qu'en ce lieu,
A cette heure, c'est moi qui l'écoute et tressaille
Au cliquetis des fers, au bruit sec de la paille
Qu'elle froisse du pied...

Il entre.

MARGUERITE.

Hélas ! hélas ! mon Dieu !
Ils viennent... les voici... les voici... Malheureuse !
Ils entrent... que la mort est une chose affreuse !

FAUST.

Silence, enfant !... j'accours te délivrer...

MARGUERITE.

Oh ! mais
Tu serais donc un homme, alors ? et tu pourrais
Avoir quelque pitié ?

FAUST.

Tais-toi, tais-toi, prends garde,
Que tes cris, au dehors, ne reveillent le garde...

MARGUERITE, dont les idées s'égarent par degrés.

Bourreau ! qui t'a donné ce pouvoir ? quoi, sitôt,
A minuit, tu me viens chercher pour l'échafaud ?...
Déjà mourir !... déjà ?... non, non, laisse-moi vivre !
Vivre un peu... rien qu'un peu !... Grâce ! tiens s'il le faut,
Demain, dès l'aube, eh bien, en tes mains je me livre...
Je suis si jeune encor, si jeune pour mourir !

FAUST.

Qu'entends-je?

MARGUERITE.

Écoute-moi, je fus bien belle, certe,
Oui, je fus belle, et c'est ce qui causa ma perte...
Tant de bonheur alors, à moi venait s'offrir !
A mes côtés était mon bien aimé, sans cesse;
Maintenant, il est loin : de là vient ma tristesse...
Ma couronne arrachée a vu tomber ses fleurs,
Toutes, toutes, hélas !... Ah ! ta main qui me presse
Me fait mal!... ne sois pas insensible à mes pleurs,
Pitié! Que t'ai-je fait?... Grâce pour ma souffrance...
Je ne te connais pas, moi...

FAUST.

Malheur des malheurs !

La retrouver ainsi !...

MARGUERITE.

Je suis en ta puissance,
Cruel, et tu sais bien que nul ne me défend!...
Laisse-moi l'allaiter encore, mon enfant :
Je l'ai, toute la nuit, bercé sur ma poitrine;
Hélas! pour m'affliger, ils me l'ont pris, pourtant!...
Ils disent que je l'ai tué... Bonté divine!...
Jamais je ne serai gaie, à présent... jamais!...
Ils chantent des chansons sur moi... si tu savais...
C'est bien mal, n'est-ce pas?... Ils disent qu'un vieux conte
Finit comme cela... moi, sans savoir, j'ai honte !...

FAUST, à genoux, essayant de détacher ses liens.

Mais je suis à tes pieds, Marguerite, et ma main,
Cherche à briser tes fers douloureux...

MARGUERITE le regardant.

                              Ah, qu'importe?
Oui, tous deux, à genoux, prions... vois cette porte,
Vois ce seuil, où le sang se figea le matin,
C'est-là, là, qu'est l'enfer, bouillonnant et terrible;
Là, que, hurlant de rage, attend l'esprit malin :
Ecoute donc le bruit qu'il fait... quel bruit horrible!..

FAUST.

Marguerite !...

MARGUERITE.

Oh, chut !... chut !...

FAUST.

                              Marguerite!...

MARGUERITE.

                              Tais-toi...
C'était sa voix!... la voix de mon Henry... dis-moi,
Où donc est-il, lui?... laisse... il m'appelle... il m'appelle!...
Je suis libre, vois-tu?... Nulle chaîne rebelle
Ne saurait m'empêcher de voler dans ses bras,
Sur son sein, sur son cœur!... où donc est-il, hélas?
Pourtant, il était là... j'en suis bien sûre... écoute...
Je l'entendais, malgré les cris, les hurlements,
De cet enfer maudit; malgré les grincements

Et les rires moqueurs des démons... Plus de doute,
Va, c'était bien sa voix chérie...

FAUST.

Oh! quels tourments!
Mais c'est moi-même!...

MARGUERITE, étonnée.

Toi!... redis cette parole,
Encor, encor!... C'est lui ... vraiment?... ô ma raison!
Mais où sont-elles donc mes chaînes, ma prison ,
Mes angoisses?... C'est toi?... C'est à devenir folle!

FAUST.

Marguerite!...

MARGUERITE.

Et tu viens me sauver, chère idole ?...
Tiens , voici cette rue où je te vis un jour
Pour la première fois, tu sais?... puis , au détour ,
Est le jardin de Marthe ... et c'est là qu'avec elle ,
J'attendais ta venue, oh , je me le rappelle!

FAUST , cherchant à l'entraîner.

Ah, partons!

MARGUERITE, l'embrassant.

Reste là... j'aime tant à te voir .
A te sentir ainsi, près de moi ...

FAUST.

> Mais l'espoir
> Rapidement s'envole ! hâtons-nous, le temps passe !

MARGUERITE.

> Tu ne m'embrasses plus alors que je t'embrasse :
> C'est mal cela ! Ta bouche a-t-elle désappris
> A donner ces baisers dont tous mes sens surpris
> Tressaillaient ?... Pourquoi donc suis-je émue, inquiète,
> Entre tes bras, Henry ?... Naguère, un mot de toi,
> Un seul de tes regards, semblaient ouvrir pour moi,
> Le Ciel tout rayonnant au-dessus de ma tête,
> Et quand tu me disais : je t'aime ! va, je croi
> Que de mon cœur, non, rien n'eût-pu troubler la fête !..
> Sur ton sein presse-moi, presse-moi, mon Henry,
> Comme autrefois... Ta main, Dieu ! qu'elle est froide, ami,
> Que glacée est ta lèvre, et tremblante, et muette !...
> Est-ce que ton amour m'aurait été ravi ?
> Mais par qui donc alors ?

FAUST.

> Nulle autre, je te jure,
> Ne m'a fait oublier ta tendresse si pure,
> Et je t'aime toujours...

MARGUERITE.

> Toujours ?...

FAUST.

> Par pitié, viens !

MARGUERITE, le fixant, et avec doute.

Est-tu sûr d'être toi?

FAUST.

Pauvre ange!... tes liens
Sont détachés:.. fuyons...

MARGUERITE.

Oui, tu brises ma chaîne,
Ton cœur est sur mon cœur, mon souffle et ton haleine
Se confondent... Comment peux-tu m'aimer ainsi?
Comment, avec dégoût, avec horreur, aussi,
Ne t'éloignes-tu pas?... quoi, ton bras me délivre!
Mais sais-tu qui je suis?... si je mérite vivre?
Le sais-tu?

FAUST.

Ce retard pour tous deux est mortel,
Marguerite... déjà l'aube blanchit le ciel,
Regarde...

MARGUERITE.

Ecoute-moi : j'ai fait mourir ma mère,
A force de chagrins : mon enfant, — notre enfant, —
Car il était à toi comme à moi, l'innocent,
Je l'ai noyé!... sa vie eût été trop amère!...
C'est donc toi? je te crois à peine... Dieu puissant,
C'est lui! le bien aimé!... donne ta main si chère!...
Ce n'était point un rêve, oh non!... d'où vient cela?
Ta main est tout humide!... on dirait... — sèche la, —

On dirait que de sang elle est fraîche trempée...
Qu'as-tu fait?... ah! je sais... jette au loin cette épée...

FAUST.

Suis-moi!...
          (à part.) Passé fatal!... quels remords sont les miens!...

MARGUERITE.

Au contraire, c'est toi qui vas me suivre... tiens,
Voici tous les tombeaux que, dans le cimetière,
Je veux que par tes soins on élève demain :
La place la meilleure, ami, c'est pour ma mère,
Tu comprends?... l'autre place, — à côté, — pour mon frère...
Ma fosse, — à moi, — sera sur le bord du chemin ;
Pas trop loin d'eux, pourtant!... Dans mon lit funéraire,
Toi-même, tu mettras notre enfant sur mon sein.
Hélas! elle sera bien triste, ma demeure!...
Si j'y devais dormir avec toi, — mon époux, —
Va, l'heure de ma mort serait ma plus belle heure,
Et je la bénirais en priant à genoux!...
Mais j'en suis trop indigne... ah! ton bras me repousse
A présent; tu vois bien?... le ciel est contre nous!

FAUST.

Angélique victime!...

MARGUERITE.

          Oui, c'est ta voix si douce
Que j'entends, mon Henry...

FAUST.

Suis-moi donc !

MARGUERITE.

Où cela ?

FAUST.

Bien loin, bien loin…

MARGUERITE.

Dehors, dis-tu ?… non, non, c'est là
Qu'est la mort, et c'est là que l'enfer me réclame ;
Tandis que le bonheur, le repos éternel
Sont ici… reste donc… tu t'éloignes, ô ciel !
Si je pouvais te suivre, Henry ?…

FAUST.

Pourquoi, chère âme,
Ne l'essaierais-tu pas ? Il suffit de vouloir,
Et c'est la liberté !…

MARGUERITE.

Non, je n'ai plus d'espoir :
Je sens que tout se brise en moi, tout… cette fuite !
A quoi servirait-elle ?… ils sont à m'épier…
Peut-être, dès le seuil, me verrais-je réduite
A m'en aller de porte en porte mendier…
L'exil !… il est si triste, hélas ! si misérable,
Lorsque la conscience est mauvaise et coupable !…
Et s'ils me reprenaient, ami ?…

FAUST, à part.

Tout est perdu !...

Haut.

Eh bien donc, avec toi, je reste...

MARGUERITE.

Que dis-tu ?
Dans ce cachot ? non, non, laisse-là Marguerite :
Sauve ton pauvre enfant !... vite... sauve-le vite !...
Suis les bords du ruisseau que là-bas on entend,
Tu prendras le sentier de la forêt ensuite :
Près de l'écluse, au fond, à gauche, dans l'étang,
Tu verras... tu verras notre petit enfant ;
Il se débat encore... Oh, quel horrible rêve !
Il se débat... son bras, avec effort, soulève...
L'eau qui va l'engloutir... sauve-le donc, Henry !...

FAUST.

Un pas, un dernier pas, et ma tâche s'achève...
Marguerite, entends-moi, rappelle ton esprit !...

MARGUERITE.

Si, du moins, nous avions dépassé la montagne,
Nous trouverions ma mère, elle est assise là,
Sur la pierre... — le froid à la tête me gagne,
Je souffre bien, ami... — seule, dans la campagne,
Immobile et muette, elle est comme cela
Toujours, toujours !... son front peut se lever à peine,
Son œil brûlé de pleurs est fixé sur la plaine ;
Jamais elle ne fait un signe... tu m'entends ?

Hélas ! elle a dormi tant d'heures, — bonne vieille, —
Son repos est si lourd... Plus rien ne la réveille !
Elle dormait pendant nos plaisirs... heureux temps !...

FAUST.

Puisque rien ne t'émeut, amour, larmes, prière,
J'oserai t'entraîner malgré toi-même...

MARGUERITE, exaltée.

                              Arrière !
Je ne céderai pas à la force... non, non...
Ne saisis pas ma main, tu la brises, démon !
Je n'ai que trop voulu ce qui pouvait te plaire.

FAUST.

Le jour grandit... regarde... ah, suis-moi, pauvre amour !

MARGUERITE.

Tu dis vrai : c'est le jour qui brille... c'est le jour...
C'est aussi le dernier que je verrai paraître...
Le dernier... le dernier !... hélas ! il devait être
Celui de mon bonheur, de mes noces... tais-toi !
        Mystérieusement.
Ne va pas dire, Henry, que, si matin, chez moi
Je t'ai reçu !... Tais-toi !... ne le dis à personne :
On jaserait sur nous... Vois ma blanche couronne,
Elle n'a plus de fleurs... Va, nous nous reverrons,
Mais ce ne sera pas à la danse !... ah ! courons...
La foule est assemblée au dehors, elle passe,
Nombreuse, avec grand bruit, et la rue et la place

Ne pourront plus suffire à ses vagues, bientôt...
Avec délire.
Écoute... c'est la cloche... elle m'appelle... il faut,
Ami, qu'à cette voix, sans retard j'obéisse !...
La baguette est brisée aux mains de la justice...
On m'enchaîne... on m'enlève... ah ! voici l'échafaud !...
Le fer tranche mon cou... mais sur tous il retombe
Tour à tour... et voilà, muet comme une tombe,
Le monde tout entier... ah !...

FAUST, anéanti.

Pourquoi suis-je né !...

. . . .
. . . .

MÉPHISTOPHÉLÈS, accourant.

Sortez vite, sortez, ou l'heure aura sonné,
Et tout sera perdu !... Que de vaines paroles,
Et pourquoi s'arrêter à des choses frivoles
Quand le moindre retard est fatal ?... mes chevaux
Piaffent impatients...

MARGUERITE.

Du milieu des tombeaux
Qui donc s'élève ainsi ?... C'est lui, le misérable !
C'est lui ?... Chasse-le vite, il est inexorable...
Chasse-le !... Que vient-il faire dans le saint lieu ?
Me chercher, pour me perdre, Henry... c'est moi qu'il veut !

12

FAUST.

Entends ton bien aimé... laisse, laisse-toi vivre,
Ma douce Marguerite...

MARGUERITE.

Oh, non, non, c'est à Dieu,
C'est à mon rédempteur Jésus que je me livre!

MÉPHISTOPHLÉLÈS, à Faust

Viens, ou je t'abandonne avec elle au bourreau.

MARGUERITE.

Je t'appartiens, Seigneur!... ah! sauve-moi, mon père!
Intercédez pour moi, Marie, auguste Mère!
Venez anges, venez saints messagers d'en haut,
De vos ailes couvrir mon âme submergée!
Fuis, Henry... tu me fais horreur!...

MÉPHISTOPHÉLÈS.

Elle est jugée!...

VOIX d'en haut.

Elle est sauvée!...

FAUST, éperdu.

Où suis-je!. où flotte mon Esprit!...

MÉPHISTOPHÉLÈS.

Suis-moi, suis-moi!... viens, Faust...

VOIX au fond.

Henry!

MÉPHISTOPHÉLÈS.

Viens donc!...

VOIX au fond, plus éloignée.

Henry!!!

FIN.